KB041045

2부

아침이슬

밤새

걸러 낸

맑디맑은 구슬

아침이슬

한 방울

뚝!

세상이 열린다.

당신은 언제나 옳습니다. 그대의 삶을 응원합니다. – **라의눈 출판그룹**

1판 1쇄 | 2015년 6월 11일

글 · 그림 | 멍석 김문태
펴낸이 | 설웅도
펴낸곳 | 라의눈

편집장 | 김지현
마케팅| 김홍석
경영지원 | 설효섭
디자인 | Kewpiedoll Design

출판등록 | 2014년 1월 13일(제2014-000011호)
주소 | 서울시 서초중앙로 29길(반포동) 낙강빌딩 2층
전화번호 | 02-466-1283
팩스번호 | 02-466-1301
전자우편 | eyeofrabooks@gmail.com

ISBN : 979-11-86039-26-7 03810

잘못 만들어진 책은 구입처나 본사에서 교환해 드립니다.
책값은 뒤표지에 있습니다.
라의눈에서는 독자 여러분의 소중한 아이디어와 원고 투고를 기다리고 있습니다.

느리게

감상하고

조금씩

행복해지는

한글꽃

동심화

글 · 그림 명석 김문태

라의눈

한글이 피워낸 아름다운 꽃, 동심화!
모든 그리운 것들을 소환하다

"그림일까, 글씨일까?"

사람들이 내 작품을 보고 가장 먼저 떠올리는 의문일 것이다. 물론 정답은 있을 리가 없다. 한글을 소재로 했지만 형식은 그림이고, 한 폭의 그림이지만 읽을 수 있기 때문이다. 보는 사람, 혹은 읽는 사람이 마음 가는 대로 생각하면 그만이다.

한글을 동양화 기법으로 표현한 이 작품집은 40여 년간 아이들과 함께한 교직생활의 단상들이며 자연과 벗한 삶의 노래이다. 또한 느끼고 생각한 것들을 기록한 작업일기이기도 하다. 모든 작품들이 시종일관 지향하는 주제의식은 '동심'이다. 뭐라 규정하기 힘든 나의 작품들에 '동심화(童心畵)'란 이름을 붙인 것도 그런 이유 때문이다.

동심은 우리의 마음속에 영원히 살아 있는 고향, 아련한 그리움이며, 진정한 사람다움이다. 세상을 밝고 맑게 바꾸어놓는 순수한 에너지이며, 항상 경이로운 눈으로 자연을 바라볼 수 있는 마음가짐이다. 기계처럼 바쁘고 꽉 짜인 삶을 살아가는 현대인들에게 아이들같이 천진한 시선과 옹달샘처럼 깨끗한 마음, 아주 작은 것까지 사랑하는 따뜻한 가슴을 되돌려주고 싶다는 마음을 표현한 것이다.

작가는 자신의 삶에서 배어나온 철학과 영혼의 깊이에서 우러나온 사랑을 작품으로 형상화하는 사람이라 믿는다. 항상 순수한 마음으로 자연과 사물을 바라보고, 그 결과물을 사람들과 소통하고 교감하려고 노력해야 한다. 오랜 세월 작업을 하면서 한글을 소재로 한 동심화가 외국인들에게도 감동을 줄 수 있다는 사실을 알게 되었다. 세계인들과 교감하고 소통하는 것이 나의 새로운 소명이 된 것이다. 내 스스로 지은 별칭인 '멍석'에도 그런 의미가 담겨 있다. 멍석을 넓게 폈으니 나이, 남녀, 국가를 가리지 않고 모든 사람들이 편히 쉬면서 인생과 우주를 이야기할 수 있게 되기를 바란다.

예상치 못했던 출간의 기회를 만들어주신 라의눈 출판사와 김지현 편집장에게 감사드린다. 그리고 누구보다 작가의 길을 가도록 늘 격려와 가르침을 주신 담헌 전명옥 선생님께 이 기쁜 소식을 가장 먼저 전해 드린다. 아울러 동심화를 좋아하고 무조건 멍석을 사랑해주시는 멍사모 회원님들께도 진심으로 감사드린다. 나의 글과 작품에 관심을 가져주신 페이

스북과 카스토리 친구들에게도 고마운 마음을 전한다. 그리고 이 자리가 있기까지 30여 년을 곁에서 지켜준 나의 멋진 동반자, 차은숙 당신을 정말 사랑한다고 이 자리를 빌려 고백한다. 마지막으로 느긋하게 치매를 즐기고 계신 어머님과 나의 보물들인 시내, 나래, 한빛과도 기쁨을 함께 나누고 싶다.

노을빛 고운 圖南之軒에서

명석 김문태

차
례

1부

검은
고요다

행복

스치는 바람에도

시냇물 소리에도

이름 모를 들풀에도

눈 맑게 던지면

마음 밝게 건네면

다소곳이 모습을 드러내는

그것…

정갈한 마음으로

조용히 머물면

한마음 가득 주울 수 있는

그것…

행복

행제로운하루
행복

차 한잔

내리는 눈이

봄바람에도 녹지 않고

벚나무 가지마다 소복소복

햇살에 빛나는 다섯 꽃잎

봄바람 살랑살랑

살포시 다반에 내려앉은

꽃

이보게, 차 한잔 하게나.

오늘

어제와 내일이

모두 여기에 있고

빛나는 이야기와 빛나는 사람들이

모두 여기에 있으니

지나간 것들을 그리워하지 말고

오지 않은 것들을 두려워하지 말자.

꿋꿋하게 버틴 또 하루

오늘 있음에

내 생애 점 하나

꾸욱

꽃씨

봄이면 들불처럼 번질

꽃 소식 올망졸망

작은 씨앗 속에 푸른 하늘을 담고

산을 넘는 바람을 담고

벌 나비를 부르는 향기를 담고

끝내는 온 우주를 담아

작은 씨앗이 웃는 날

세상은 빛나고

꽃바람은 살랑살랑

가슴속에 꽃씨 한 톨 심고

봄이 싹트기를

시나브로

마음

어쩌면 이렇게

속 깊이 박혔다가

뭉게뭉게 피어나는 한 덩이 추억

실타래처럼 풀려나오는

어릴 적 은하수 그 집

하얀 도화지에 점으로 찍히는

그리운 아버지, 어머니 모습

마음에 점 하나 콕!

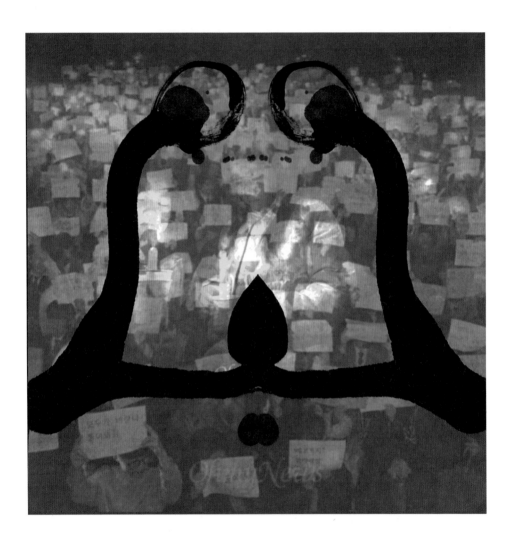

함께 기도
세월호 희생자를 추모하며

점을 찍는다.

이 순간이 최고의 찰나다.

획을 긋는다.

하루요, 한 해요, 평생이다.

지금, 텅 빈 머리와 가슴

멈춰 버린 시간들이 탁류로 흐른다.

짜디짠 가슴에 검디검은 눈물

어린 넋들은 뚝뚝 눈물 되어

파도로 번져간다.

잠시 붓을 내려놓는다.

인연의
꽃

인연이란

태어나기 전에 한 약속

우리의 영혼에 새겨진 암호

삶이란 누군가를 만나고,

헤어지고, 사랑하고, 다투면서

인연을 찾아가는 여정

질기고도 아름답다.

인연이란 꽃

목탁소리

귀를 열면

세상 살면서 나게 모르게 끼었던

묵은 때

우수수 떨어지누나.

티끌을 씻어내고

욕심을 닦아내고

근심을 털어내는

산사의 새벽

정갈하게 울려 퍼지는

목탁소리

아침마다
아멘

오늘도 이웃과 더불어 살게 하소서.

조그만 일에도 감사가 넘치고

하찮은 일에도 웃음이 넘치게 하소서.

함께 숨 쉬고 살아감을

늘 기쁨으로 깨닫게 하소서.

해가 떠서 감사합니다, 아멘

살아 있어서 감사합니다, 아멘

옆에 있어서 감사합니다, 아멘

아멘으로 시작하는 경건한 아침

술 한잔 앞에 두고 세월을 더듬는다.

친구야, 너의 따스한 눈빛과

속 깊은 마음이 오늘따라 그립구나.

온다 간다 말 한마디 없이

멀리 떠난 내 친구야.

그곳에서도 여전히

변함없는 모습으로

잘 지내고 있을 테지.

여보게 친구, 한잔 하세

어머니의 기도

기도는 정갈하다.

언제나 그 모습으로

정한수 한 사발에

온 마음을 담는다.

고요에 흠뻑 빠진 새벽 아침

불 지피는 아궁이가 따뜻하다.

부처님, 산신님, 신령님

내 새끼 잘 되게 해주시오.

어머니의 기도는

돌부처처럼

한결같다.

여유

소망하는 것 하나쯤 포기하기

꼭 채우지 않고 한 칸 비워두기

서두르지 않고 한 템포 늦추기

지금 이 순간이 찰나이고

당신이 전부라는 것을

깨닫기만 하면 되는

여유로운 삶

동행

그녀는 가지 않았다.

아직 미련이 남았나 보다.

모른 척 넘어가기로 한다.

그녀를 위한 배려이고

배웅할 힘이 남아 있지 않아서다.

그녀와 뜨거운 밤을 보낸 여운이

아직도 온몸 구석구석을 타고 흐른다.

그녀를 쉽사리 떼어내지 못하는 것은

사랑에 빠져 버렸기 때문이다.

고약한 사랑이다.

콜록콜록~

함께
가는
길
멀지 않으리
卍

어디까지 갔니?

당당하구나

함께
가는 길

눈 맞고 마음 맞아
평생을 함께 하기로 했다.
검은 머리 파뿌리 될 때까지
울고 웃고 싸우고 화해하고

그로부터 서른다섯 해
둘은 다섯이 되었다.
딸 둘 아들 하나

지구 어느 한 자락 다정히
"어디까지 왔니?"
"당당 멀었다."

5월 21일, 둘이 하나
부부의 날이란다.

고요

가로등 불빛이

힘을 잃어가는 시간

선승의 예불소리 십자가에 걸리고

목사의 기도소리 산사에 번진다.

마음 내려놓고 준비하는

낭랑한 새벽기도

청량한 예불소리

이렇게 시작하는 하루

어느 먼 곳 수평선에서

태양은 더욱 힘차게 솟구치리라.

조화로운 삶은

새벽, 그곳에 있다.

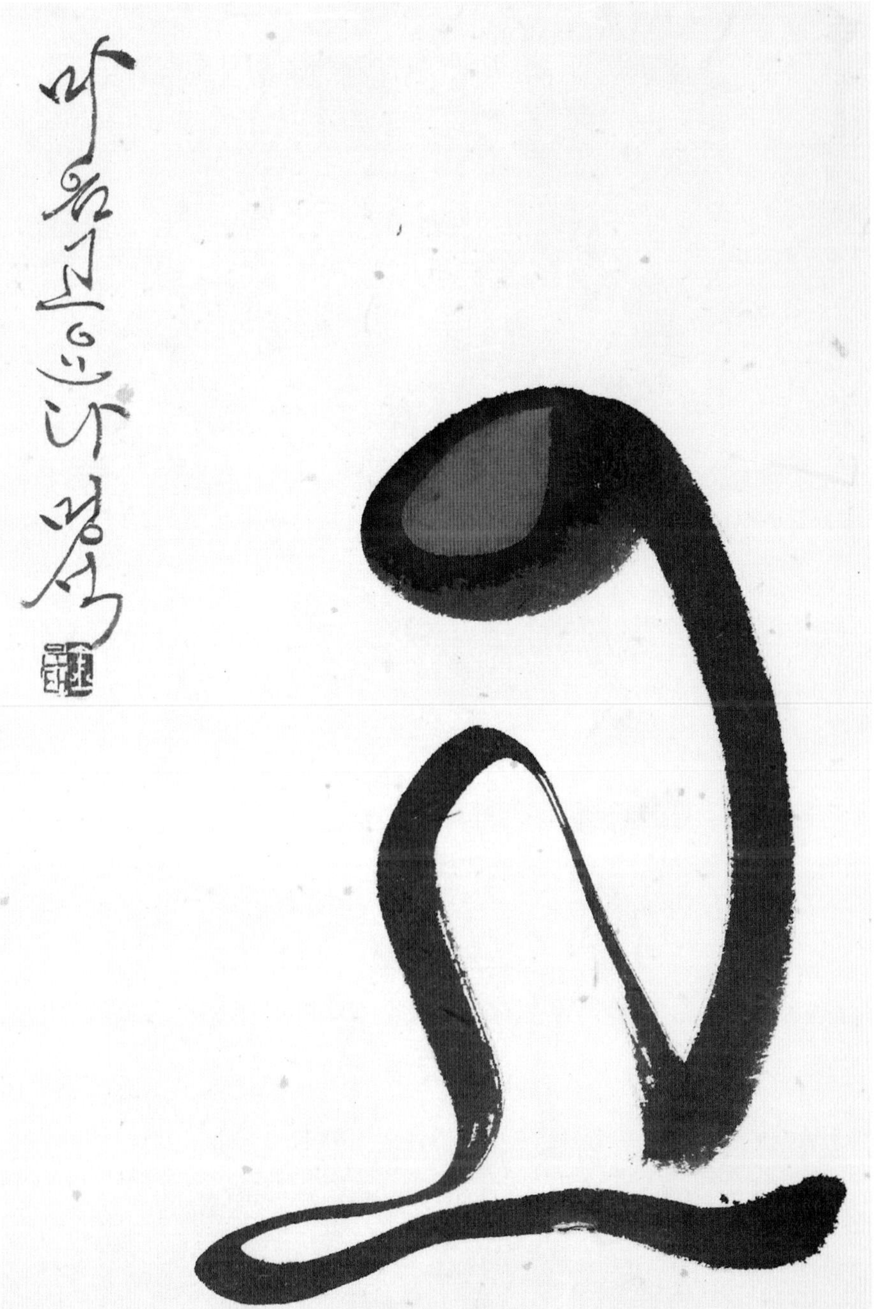

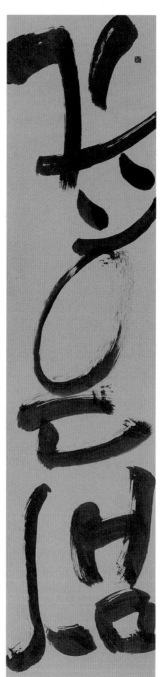

긴 뿌리
깊은 샘

헌책방에서

오랜 세월 손때 묻고 빛바랜 책
한 장 한 장 책갈피에서 배어나는 숨결
정성과 손맛 깃든 묵은지의 귀한 맛을
입으로 느끼듯
낡은 책이 전하는 옛 이야기를
눈으로 만끽한다.

새 것만 좋아하는 사람들은 모를 것이다.
퀴퀴한 헌책 냄새에 스민 그리움과
오랜 세월 묻혀 있던 보물을 발견하는 기쁨을

아, 이런 책도 있었구나!
나는 오늘도
혜화동 헌책방에서
행복한 고고학자가 된다.

고요 2

거기 있으니 보고

그리 들리니 듣고

있는 그대로

그냥 보고 듣고 즐기는 거다.

무얼 먹을까

무얼 입을까

무얼 가질까

걱정하는 마음속에

근심이 또아리를 튼다.

완전히 비우면

고요가 가득 채워진다.

물 흐르듯

언제 어디서건

살아감은

물 흐르듯 자연스러워야 한다.

봄은 화사하고

여름은 열렬하고

가을은 초탈하고

겨울은 고요하고

욕심 내려놓고 마음 비우기.

부드러운 눈빛으로

따뜻하게 살아가기.

삶이란 물 흐르듯 흘러야 멋이다

여행을
하며

여행의 울림은 크고 깊다.

한 걸음 한 걸음

발자국마다 새겨진 흔적의 파편,

추억의 음률, 호기심의 궤적

보고 보이고, 듣고 들리고

부딪고 부딪히고, 느끼고 느껴지는

나비의 날갯짓 같은 설렘

여행이란

그 풍경, 그 사람, 그 순간이

내 이야기 속으로 들어오는 것

웃으면서 세상 크게 보기

항상 늘

여태껏 제대로 된

따뜻한 고백 한 번

못하고 살아왔습니다.

무심이 하늘을 찌릅니다.

가슴 속 뜨거운 사랑을

이제사 꺼내어

당신께 살포시 안겨 드립니다.

"사랑합니다."

"항상 늘 사랑합니다."

내가 당신에게 귀기울이는 것은

내 마음의 문을 여는 것이다.

가슴이 따스하고

영혼이 투명한 사람은

심장이 두근거리는 소리

얼굴에 미소가 번지는 소리도

들을 수 있다.

당신에게 귀기울이면

당신의 삶이 보이고

당신의 빛이 보인다.

내가 귀기울일수록

더 찬란해지는 당신

빛
귀기울이다

복만 가득

바보처럼

들리는 그대로 듣는 귀

있는 그대로 보는 눈

보고 듣는 그대로 느끼는 가슴

바보의 생각으로

보고 듣고 느끼면 그뿐

산에 가면 산이 되고

바다에 가면 바다가 되는

바보의 마음

바람도 없이

걸림도 없이

있는 그대로 행복한 바보

바보에게 축복 있으라.

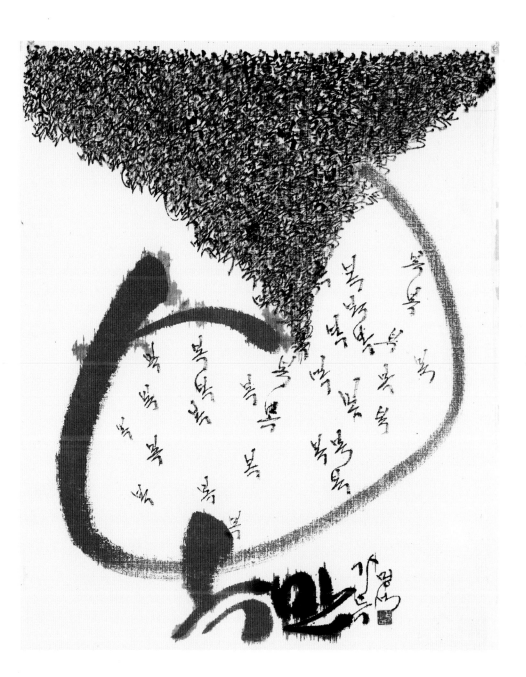

2부

점은
호흡이다

비움

비움은

아련한 허전함이 아니라

구속에서 벗어난 충만함

겨자씨만한 욕심의 씨앗도

자라지 않을

마음 밭을 가꾸는 것

진흙 속의 연꽃처럼

홀로 당당할 수 있는

용기를 충전하는 것

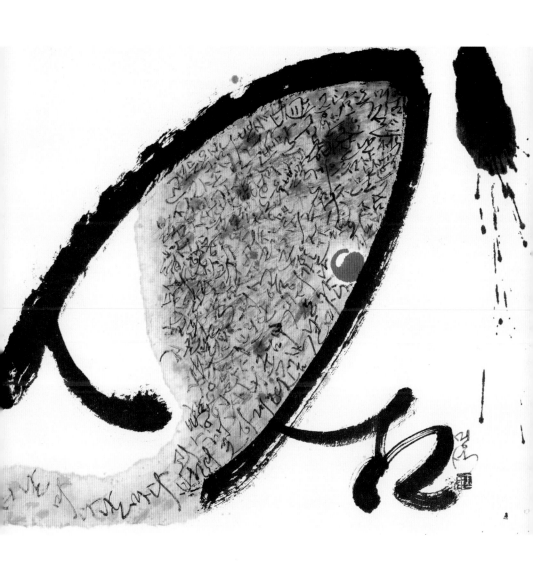

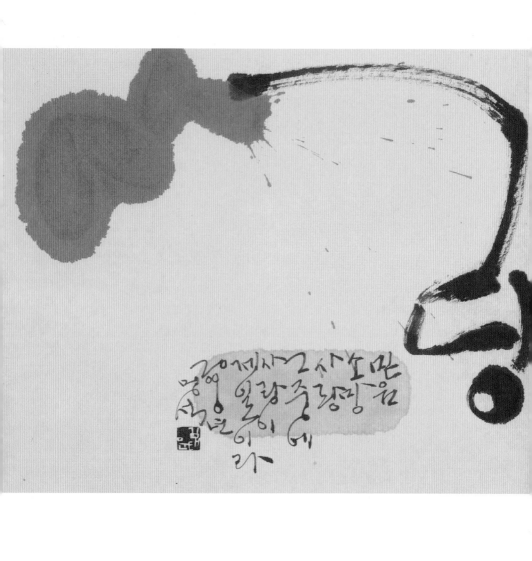

사랑

나는 그 사람이

듣고 싶어 하는 말을

하지 않았다.

대신 상처 주는 말

거리낌없이 토해 낸 찌꺼기로

그 사람의 마음에 생채기를 냈다.

오뉴월의 따뜻한 바람처럼

향기로운 말만 하고 싶었는데…

마음속에서만 맴도는

사랑해, 사랑해, 사랑해

밥

갓 지은 하얀 쌀밥에서

김이 피어오른다.

구수한 냄새

허기진 배가 먼저 침을 삼킨다.

365일, 먹어도 먹어도 질리지 않는다.

속이 든든하면 왠지 마음까지 든든하다.

따스한 밥 한 그릇 먹고

오늘도 바람 부는 세상 속으로 나선다.

밥은 생명이고

밥은 위로이고

밥은 희망이다.

믿음

바위만큼 단단하다.

소나무처럼 한결같다.

쉽게 흔들리지 않는다.

쉽게 퇴색되지 않는다.

손가락에 끼워지는 반지보다

더 빛나는 징표다.

종이 위에 쓰이는 약속보다

더 확실한 다짐이다.

오로지 믿음이 있기에

사람들은 사랑을 하고

세상은 꿈을 꾼다.

웃음

얼굴은 숨길 수 없는 거울

속을 그대로 보여준다.

어떻게 살아왔는지, 어떻게 살고 있는지

얼굴은 거짓이 안 통하는 기록

삶의 여정을 그대로 보여준다.

내가 이룬 것들, 내가 가진 것들

천진불 같이

무색투명한 미소 한가득 담은

훌륭한 얼굴 한 점

세상에 남길 일이다.

집념

칼바람 분다.

봄 맞을 준비 치고는 매섭다.

하지만 고난이 있어야

그만큼 봄은 화사해질 것이다.

언 땅을 뚫고 나오는 봄꽃

열 달을 기다려 태어나는 아기

오랜 세월 품고 다듬은 작품

집념이 빚어내는 것들은 눈부시다.

칼바람과 집념은

쌍둥이다.

삶

창에 쏟아지는 햇빛에 기뻐하고

머리를 날리는 바람에 놀라워하고

작은 일에 고마워하며 살 일이다.

하늘과 땅이 다 눈물겹지 않더냐.

삶이란 자갈길

천천히 천천히 걸어가자.

아름다운 눈으로 바라보면

세상이 다 꽃밭이더라.

향기로운

한 송이 삶

꽃은
한평생
산을 떠나지
살을
못해도
산을 떠나
살아 있었다
물들으느것

세월

나무 한 그루

앙상한 가지로 찬바람을

맞고 있다.

참고 견뎌낸 시간들이

사월의 신록으로 싹터

왁자지껄 새들의 신나는 놀이터가 되고

유월의 향기로운 꽃으로 피어

벌 나비 춤추는 한마당이 된다.

나무는 결코

겨울을 춥다 하지 않고

여름을 덥다 하지 않는다.

그냥 세월을 견뎌

스스로 세월이 된다.

새날

어둠은 아직도 미적거리는데

어느덧 가로등이 희미해진다.

스멀스멀 타고 오르는 새벽 기운

여지없이 아침은 오고야 만다.

천지가 열리게 하는 기운

천만근으로 닫혔던 눈꺼풀도

서서히 빗장을 푼다.

새날, 온몸의 기운을 모아

힘차게 점을 찍는다.

그릇

타인을 보듬는 넉넉함을 담고

세상을 바라보는 이해심을 담고

쉽게 화내지 않는 담담함을 담고

일상에 기뻐하는 천진함을 담고

가진 것에 감사하는 충만함을 담고

이 모든 것을 담을 수 있는

큰 그릇이 되기를…

소통의 꽃

세상엔 문이 너무 많다.

창문, 비상문, 쪽문, 대문, 철문, 싸리문,

열린 문, 깨진 문, 닫힌 문, 그리고

마음의 문

그러나 열려는 마음만 있으면

문은 언제나 쉽게 열린다.

문 열고 고개 내민다.

아하, 당신이었구나.

아하, 그랬구나.

통하면 꽃이 된다.

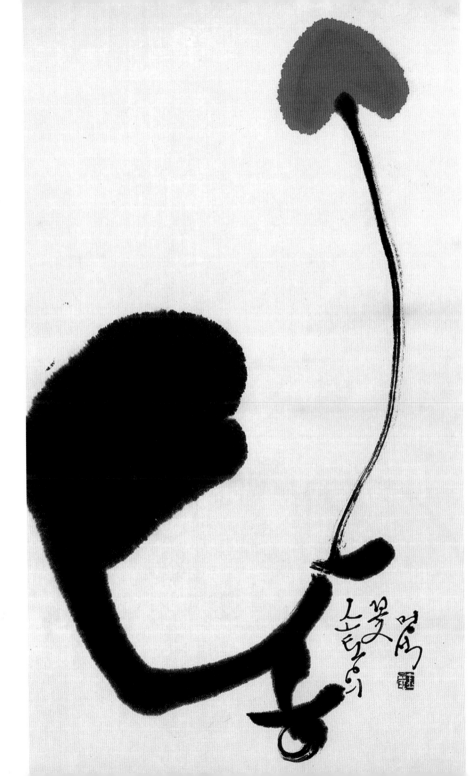

아리랑

아리랑

아리랑

아라리요

아리랑 고개를 넘어간다.

삼천리 방방곡곡 굽이굽이 돌고 돌아

눈물로 젖어 흐르지 않은 땅이 어디더냐.

아리랑은 우리의 숨결,

펄펄 살아 뛰는 우리의 맥박

영원히 흐를 삶의 노래

아리랑

아리랑

아라리요

그리움

외면해도, 잊으려 해도

아득한 마음 저편에서

웅크리고 있는 그것

생동하는 아침과

찬란한 정오를 보내고

굴뚝에 연기 피어오르며

새들도 집으로 돌아오는

저녁이 오면

문득

붉게 타는 노을로 곱게 번지는

그대 향한 그리움

감사

가만히 생각해보면

지금 이 순간도 감사할 일투성이

심장이 콩콩 뛰고

숨이 들락날락하고 있다는 것도

두 눈으로 책을 읽고

가슴으로 느끼고 있다는 것도

사랑하는 가족이 있고

걱정해주는 친구가 있다는 것도

하느님, 감사합니다.

마음 2

가슴속이 늘 시린 것은

시시때때로 아른거리는 것은

한 번씩 북받쳐 오르는 것은

그 분을 향한 그리움 때문이다.

평생을 바쳐

한 송이 한 송이 꽃을 가꾸듯

귀하고 따뜻하게 보듬어 주신

그 분을 향한 미안함 때문이다.

그립습니다.

그리고 죄송합니다.

어머니

면벽

나는 누구인가?

한참을 서성이다

붓 잡고 마음을 그려 보았다.

나는 아들, 아버지, 아저씨, 친구, 작가, 선생,

그리고 지나가는 사람, 고뇌하는 사람

진짜 나는 어디에 있는 걸까?

문득 시선 머무는 곳,

정원의 빨간 열매

우주를 담고 있구나.

취한다, 취해.

봄비에 젖어

마당 한 귀퉁이

이름 모를 꽃이 되어 본다.

좋은 날

봄꽃 사이로 하얗게 날으는

나비 한 마리

동화책 한 페이지의

삽화가 된다.

꽃이 피어도

비가 내려도

늘 아이처럼

날마다 좋은 날

꽃맘

장독대 위에 내려앉은

오월의 섬세한 햇살

잠든 아기의 숨결처럼

평화로운 바람

코끝을 간지럽히는 향긋한 내음

탐스러운 가지마다

줄줄이 매단 꿀단지

도란도란 오월이 익어가는 풍경

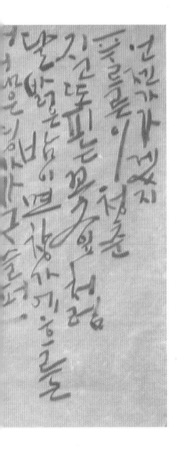

청춘

청춘이라서 빛나고
청춘이라서 싱싱한 것이
아니다.

빛나고 싱싱한 것은
모두 청춘이다.

가슴이 뛰기를 멈추지 않는 한
마음이 설레기를 거부하지 않는 한
걷다가 힘들다고 주저앉지 않는 한

당신은 빛나는 청춘이다.

몽돌가족

모진 세월

파도의 사랑으로

모난 귀퉁이 닳고 닳아

제각각 반짝이는

몽돌이 되었다.

세월의 깊이만큼 둥글어진

바다의 얘기와 파도의 노래가

몽돌의 온몸에 새겨져

어느덧 바닷가의 전설이 되었다.

얽매이지 말고 가슴에 두지 마라.

살아감이 어디 봄가을만 있겠는가.

여름의 땡볕도

겨울의 혹한도

견뎌내야 하는 것을

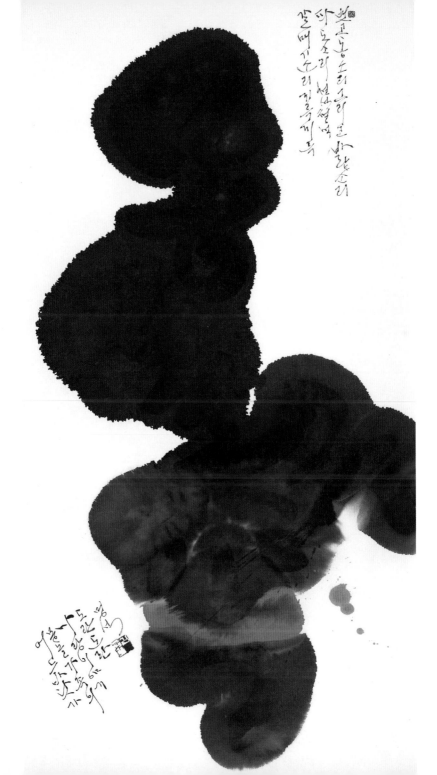

야금야금 기어간다.

삼지내 담쟁이

느낌

담양 창평 삼지내
슬로시티에서

문패를 징검다리 삼아

쉬엄쉬엄 천천히

그러나 팔은 제대로 멀리 뻗는다.

그래야 세상 다 보듬으니까

만덕산 맑은 물은 삼지내로 흘러

옛 향기 모락모락 피어오르고

고샅길 따라 한결같이 푸른 마음

천년의 기다림을 품은

슬로시티

오늘은
그냥

살포시 고개 내민 하얀 꽃의 미소

은은한 향에 취해 조용히 흐르고 싶다.

고고한 자태로 서 있는 한 포기 난초처럼

속속들이 맑은 영혼이고 싶다.

닦아야 할 것이 어디 마음뿐이겠는가.

오늘은 그냥

여유롭게 난향에 취하고 싶다.

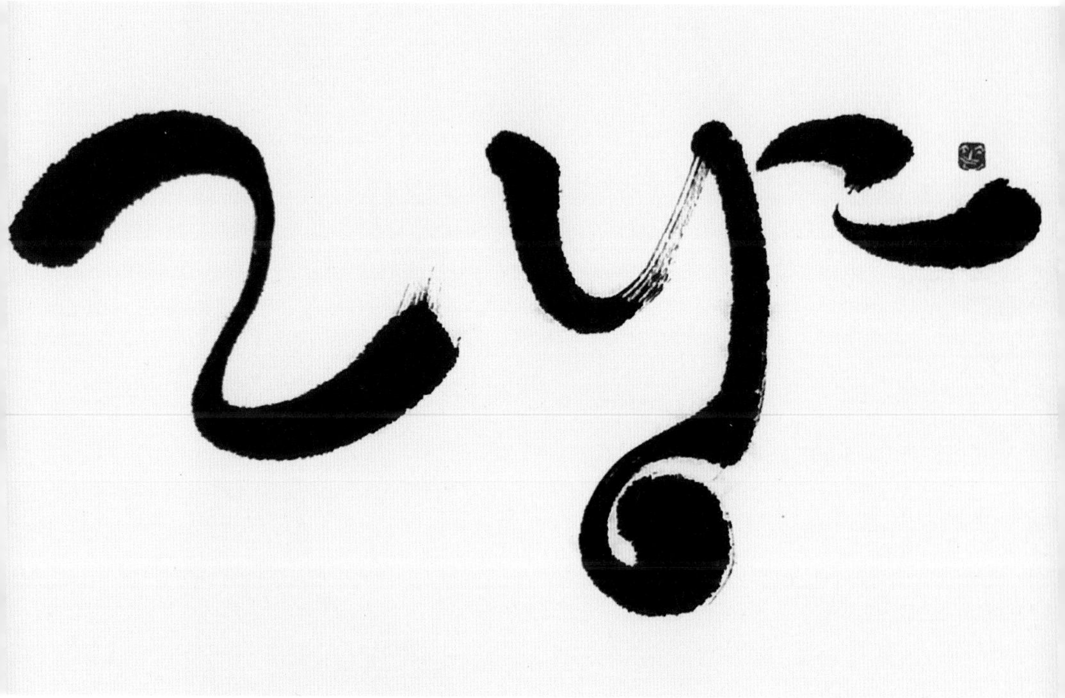

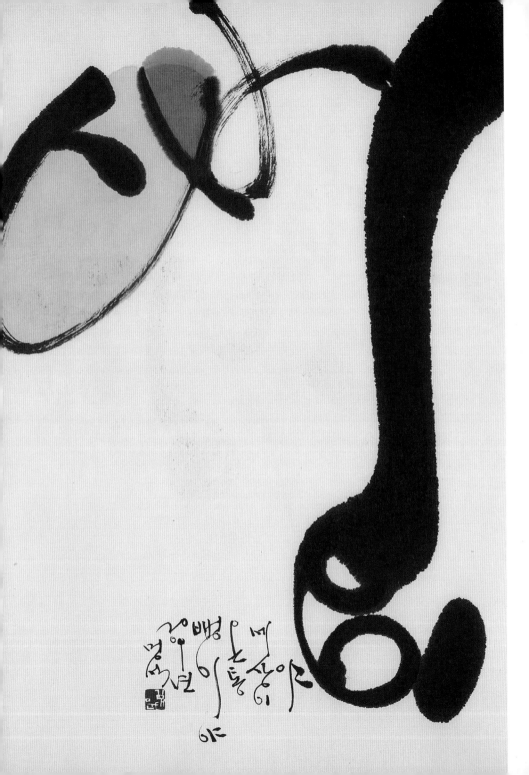

뻥이야

인생이란

산 넘고 물 건너는 것

봄이 왔나 하면

금세 겨울이 오고

해가 떴나 하면

금세 어둠이 내리는 것

맑아도 언제 흐릴지 모르고

비 내려도 언제 그칠지 모르니

쉽게 웃고 쉽게 지치지 마라.

인생이란

공수래 공수거

한바탕 봄날의 꿈

획은
숨결이다

밥 2

밥이다.

꽃밥이다.

우주를 담은 밥톨

한 알

밥톨은 힘이 세다.

우리는 모두

밥심으로 산다.

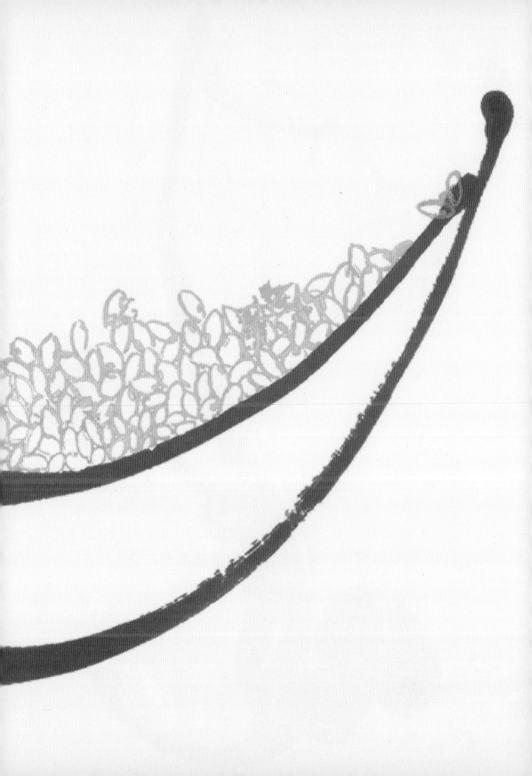

열정

꽃이 피면 꽃이 진다.

해가 뜨면 해가 진다.

모든 일은 그렇게 자연스럽다.

마음의 문을 활짝 열면

기운생동하는 삶

그 결을 따라

그 리듬을 따라

때로는 대담하게

때로는 파격적으로

열정이 삶을 이끌도록 하자.

고향

그 말만으로도

동구 밖 언덕엔 진달래가 피고

멀리 개 짖는 소리가 들리고

굴뚝에선 연기가 피어오르고

앞치마 두른 어머니가 밥상을 차린다.

고향을 품고 사는 사람은

넘어져도 일어설 힘이 난다.

가고 싶다.

어머니 품 같이

꿈결 같은 내 고향

달팽이가
살아가는
법

그는 달리는 법이 없다.

무겁다고 자기 짐을 내려놓지도 않는다.

가는 길이 편하든 험하든

말없이 제 갈 길만 간다.

느리지만 서두르지 않는다.

누구와 비교하지도 않는다.

세상에서 가장 느리게

살아가는 법을 안다.

달팽이는

*제자가 힘차게 획 긋는 모습을 보며

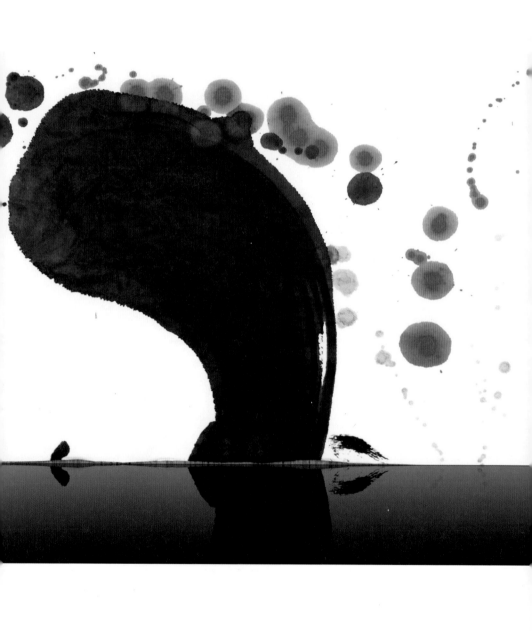

호미곶

포항에 가면 호미곶이 있다.

바다를 움켜쥔 손

아침이면 갈매기가

동해의 일출을 가장 먼저 맞는 곳

가슴에 품은 불덩이

하루 종일 뜨겁게 토해내고

일렁이는 파도에 몸을 맡긴다.

뉘엿뉘엿 저무는 해

벗처럼 친근한 어둠

자연이 만든

작품 한 점

주인공

세상에 똑같은 돌멩이도 없고

똑같은 이파리도 없다.

다 제각각, 제 잘난 맛에 산다.

나의 우주에선 내가 주인공

너의 우주에선 네가 주인공

뽐낼 일도 다툴 일도 없다.

가슴을 활짝 펴고

미소 가득 머금고

멋진 영화 한 편

만들어 보자.

욕심 없이

욕심은 집요하고 끈질기다.

잡초처럼

내 안에 질긴 뿌리를

깊이 내리고 있다.

뽑아도 뽑아도

자꾸 자라서 올라온다.

도려내야 한다.

고통은 너무나 크지만

욕심이 사라진 자리는

깃털보다 가볍다.

포옹

가슴과 가슴이 만나면

세상에서 가장 큰 위로가 되고

눈빛과 눈빛이 만나면

세상을 살아갈 힘이 된다.

험한 세상, 버티어내려면

뜨겁게 껴안고 살아가야 한다.

어깨 두드려주고

눈물 닦아주고

신발 끈 매주며

그렇게 그렇게…

꼭 만나.

꼭 약속해.

꼭 행복해야 해.

꼭

꼭이란 말에는 간절함이

꼭꼭 눌러 담겨 있다.

꼭 한 가지만 가질 수 있다면

꼭 한 사람만 만날 수 있다면

꼭 하루만 살 수 있다면

지금 가진 것이 '꼭 한 가지'인 것처럼

지금 그 사람이 '꼭 한 사람'인 것처럼

오늘이 '꼭 하루'인 것처럼

숨결

내가 화나기 전에

숨결이 먼저 흔들린다.

내가 괴로워하기 전에

숨결이 먼저 탄식을 토한다.

비 온 뒤 땅이 굳어지듯

빨리 잔잔한 우주의 숨결을

회복할 일이다.

늘 고른 숨결로 살아갈 일이다.

마음은

숨결에 깃들어 있다.

검은
아리랑

남도기행 길

구비 구비 돌고 돌아

아리랑 고개를 넘어가고 있다.

뻥 뚫린 고속도로에

쏜살같이 내달리는 차들

느릿느릿 뱅글뱅글 돌아가던

그 시절이 그립다.

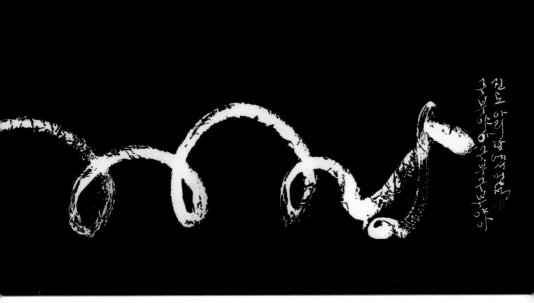

아리랑 고개 넘어 섬진강 따라

최 참판 댁 향해 가는 터널 속

불빛이 희미하다.

어쨌든

아리랑 고개를 넘어간다.

삼팔
광땡

버릴 땐 버릴 줄 알아야 하고

상대편을 읽을 줄 알아야 하고

자만하지 말아야 하고

묵묵히 최선을 다하고

끝까지 기다릴 줄 알아야 한다.

운도 노력하는 사람에게 기회를 준다.

당신의 삼팔 광땡을

위하여!

넉넉한 마음의 움직임

배려

당신의 마음이 충분히 넉넉하다면

상대의 작은 마음을 덮어주고

당신의 마음이 충분히 따뜻하다면

상대의 차가운 마음을 녹여주고

당신의 마음이 충분히 맑다면

상대의 탁한 마음을 정화시켜 주고

배려는 억지로 하는 것이 아니라

저절로 되는 것

가을

온통 따스한 햇볕에

빨갛게 익은 마음이

주렁주렁

이것을 감이라 불러야 할까

정이라 불러야 할까

감 한 상자에

이리도 따뜻한 가을이다.

흑색우정
이천십사년구월 효재

햇볕 고운 날

고요 3

고추잠자리가 아침 인사를 건넨다.

가만 가만 문 두드리는 바람소리

햇살이 창가에 다소곳이 내려앉았다.

아침은 늘 창에서 밝아온다.

가만히 들여다보면

조각조각 무쇠로 세워진 도시

달빛마을 무월리

지금 고요

온통 고요

*무월리 허허공방은 전라남도 담양군에 위치한 도예공방이다.

소곤소곤

다정한 사람끼리

머리 맞대고

손 맞잡고

세상에서 가장 아름다운 모습

재잘재잘 냇물로 흐르다가

사박사박 바람으로 불다가

세상에서 가장 정겨운 이야기

이보다

더 곱고 예쁜 꽃이 있을까?

동그라미

태양도 동그랗고

지구도 동그랗고

조약돌도 동그랗고

소반도 동그랗고

거울도 동그랗고

당신의 웃는 얼굴도 동그랗고

당신의 반짝이는 눈동자도

동그랗고

혹시 우리 사랑하는 마음도

동그랗지 않을까

연탄재

봄의 초입에서

화사한 햇살이 곱게 내리고

가지마다 새싹들의 고른 숨소리

소리 없이 벙그는

꽃들의 미소를 배경으로

봄이 입장한다.

겨우내 숨겨둔 연두 빛 새눈

여기저기서 두근두근 물 오르는 소리

자연의 포근한 가슴과

따스한 손길이

봄을 살아 숨 쉬게 한다.

나도 누군가에게

따뜻한 봄이 되고 싶다.

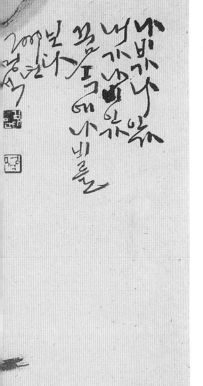

나비의 꿈

팔십 평생 고단하게 사신 어머니

이제야 긴 여정 내려놓고

잠시 쉬고 계시는구나.

다시 세 살이 되신 어머니는

아무 걱정 없이 까르르 웃으시고

유모차에 의지해 아장아장 걸으신다.

세월의 무게가 참으로 눈물겹다.

어머니는 지금

나비 꿈을 꾸고 계신 거다.

이별

하늘을 본다.

그리움으로 피는 꽃

바다를 본다.

애타게 부르짖는 성난 파도

뜨거운 사랑도

절절한 애증도

가슴속 깊이 돌덩이로 박혔다.

하늘보다 넓고 바다보다 깊은 사랑도

잠시 접어야 할 때가 있다.

세상에서

가장 아름답게 부를 노래

이별

세상이란 무대엔

인생이란 뮤지컬이

매일 공연된다.

사람들은 화려한 조명을 받는

아름다운 꽃을 사랑한다.

하지만 내 눈에는

지구 어느 모퉁이

이름 없는 들꽃이 더 어여쁘다.

행여 속마음 들킬까 부끄러워

바람에 몸 맡기고

가녀리게 피어 있는 꽃

쇼

바보를
그리워하며

고 노무현 대통령 5주기를 맞아

뻐꾸기는 새벽부터

붉은 울음을 토해낸다.

해마다 뜨거워지는 그리움

가장 낮은 사람들과 함께 하고자 했던

한 사람의 기쁨과 슬픔도 무겁게 느꼈던

어느 바보의 이야기

사람 사는 세상,

그는 그곳에 살고 있을 것이다.

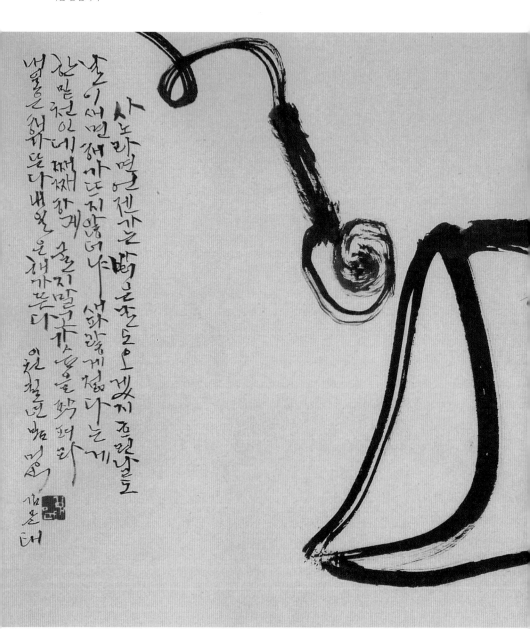

말

한 번 입 밖으로 나오면
다시는 거두어 들일 수 없는 것

무심코 던진 돌멩이에
개구리가 맞아 죽고
무심코 내뱉는 한마디 말에
누군가는 깊은 상처를 입는다.

세 치 혀를 함부로 놀리지 않도록
항상 조심하고 또 조심할 일이다.

고요 4
백두산 천지 앞에서

하늘이 호수를 담고

호수가 하늘을 담았구나.

백두산 천지, 그 고요함 앞에서

오천년의 시간을 생각한다.

같은 말, 같은 노래, 같은 얼굴

하지만 남과 북은

철조망을 사이에 두고

서로를 원수로 삼고 있구나.

영산의 고요한 기운으로

남과 북, 하나 되어

동심화 한글꽃 활짝 필 때까지

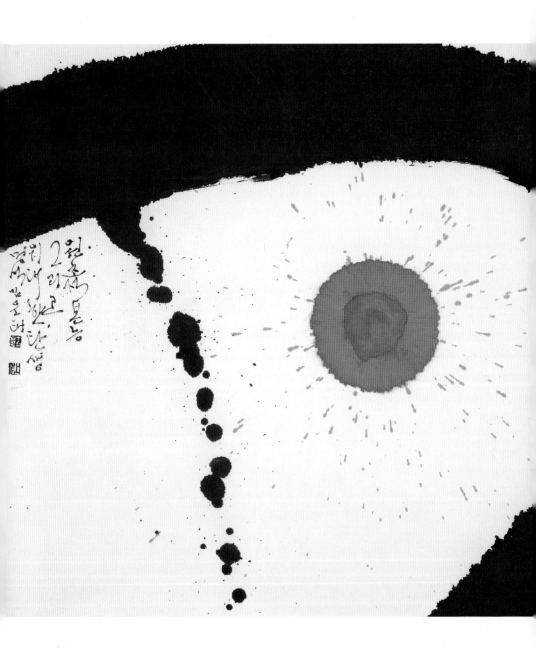

여름밤

늦은 밤, 귀뚜라미 소리 곁에 두고

달빛 드는 베란다에 앉아

곡차로 여유를 즐기려는데

우리 집 개새끼 뿡뿡이와 가로등이

기웃대며 친구 삼자고 한다.

난 곡차에,

뿡뿡인 육포에,

가로등은 귀뚜라미 소리에

한여름 밤 무더위를 잊는다.

여름밤은 말없이 깊어가고 있다.

있을 때
잘해

밤새 뒤척이다

깊은 밤 눈 좀 붙이려니

옆에 누운 개새끼 코고는 소리에

줄행랑친 잠이 야속하기만 하다.

거실 커튼을 젖히니

가슴 풍만한 여인네 같은 보름달이 둥실

어느새 희뿌연 새벽이 창문을 두드린다.

이름 모를 여인의

밤샘 기도를 지켜준 달님이

이제 곧 떠나려 채비를 한다.

4부

획은
삶이다

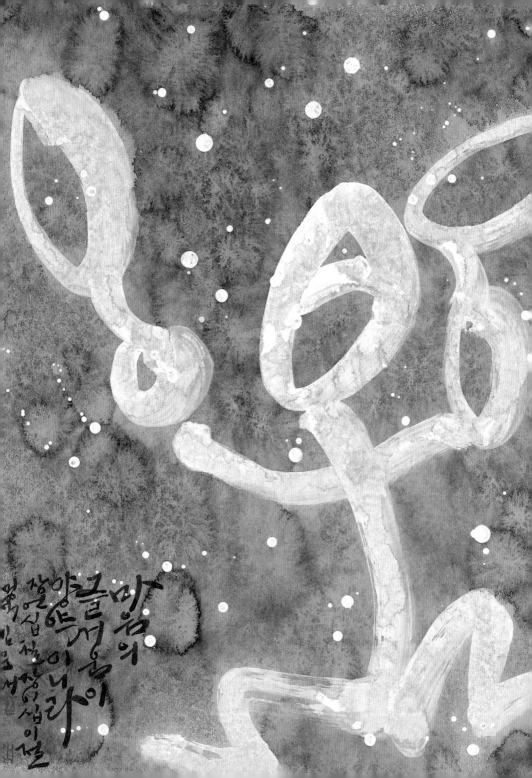

樂

나른한 오후

강아지는

잠들고

해님

놀다간 마당엔

뽀송한 빨래만

웃고 있다.

모두 모두 즐거운 하루

꼬끼오~

부드러운 바이브레이션을 가진

소프라노가 밤과 새벽을 가른다.

세상의 종말이 오기 전까지

하루도 거르지 않는다.

어느 날 아침엔

스마트폰 알람이 아닌

그 소리에 잠이 깨고 싶다.

아날로그적

굿모닝

꿈꿔

어른이 되면

아무도 꿈꾸라고 하지 않는다.

꿈이 무어냐고 묻지도 않는다.

그래도 상관없다.

꿈은 셀프니까

思

맑은 생각

평화로운 생각

기분 좋은 생각

남 먼저 배려하는 생각

내가 먼저 이해하려는 생각

생각과 생각이 모이면

습관이 되고, 성격이 되고, 인생이 된다.

생각이 사람이다.

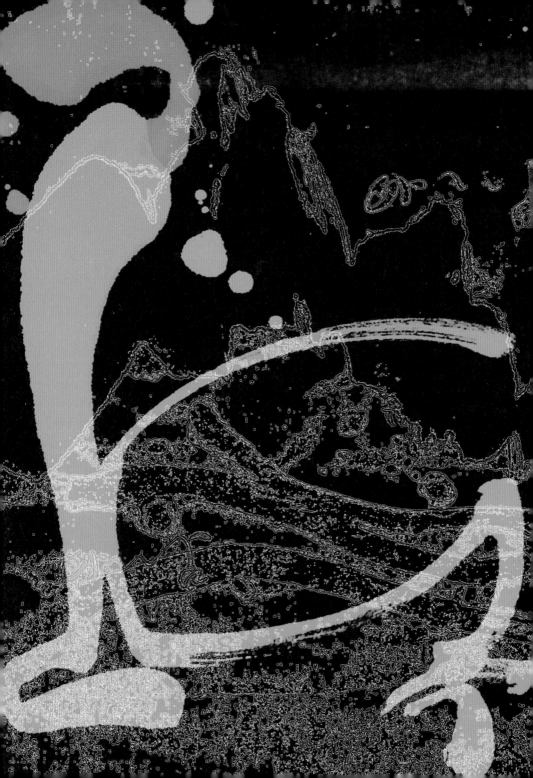

고독

고독은 밥이다.

깊은 맛이 나는 곰삭은 묵은지다.

고독은 커피다.

혀끝에 감도는 씁쓸한 개운함이다.

우주 속 나의 존재를 확인하는 시간

고독한 자만이 인생을 이해한다.

고독은

독이 아니다.

고백

혹시 허물이 드러날까

숨기고 또 숨겨도

언젠가는 드러나고 만다.

지키고 싶은 비밀의 무게는

몸과 영혼을 점점 무겁게 한다.

고백할까, 말까

그래, 하자!

통쾌한 분출, 카타르시스의 순간

고백은 자유다.

통 큰
사람

사람은 그릇이다.

대접인 사람도 있고

사발인 사람도 있고

종지인 사람도 있다.

하늘에서 비가 내리면

대접엔 대접만큼 담기고

종지엔 종지만큼 담긴다.

그러니 많이 담고 싶으면

그릇을 키울 수밖에 없다.

뚜벅뚜벅

뛰어가는 사람을 따라잡으려고 말자.

쉽게 지치니까.

옆에 스쳐가는 사람을 곁눈질하지 말자.

비교하게 되니까.

그냥 뚜벅뚜벅

한걸음 한걸음에 최선을 다해

오늘이라는 시간을 걸어가자.

오늘은 오늘일뿐

미리 내일을 생각하지 말자.

길은 길일뿐

목적지에 무엇이 있을지 생각하지 말자.

그냥

뚜벅뚜벅

바람

유월의 바람엔

청포도 향기가 묻어난다.

달짝지근한, 부드러운, 아련한

공기의 흐름

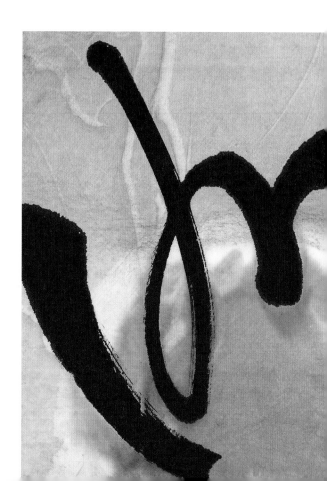

유월의 바람은

호수에 잠긴 하늘과 산을 부른다.

여름을 부르는

파란 색 초대장

멋진 날

오랫동안 주저하다 사랑을 고백한 날

하늘이 너무 눈부셔 한참 동안 올려다본 날

아무 이유 없이 꽃다발을 한아름 산 날

걸인에게 만 원짜리 지폐를 손에 쥐어준 날

다퉜던 친구에게 먼저 사과한 날

거리에서 좋아하는 노래가 흘러 나온 날

살아 있어서 행복하다고 느낀 날

오늘,

멋진 날

행복
시계

시간은 부지런하다.

쉬지 않고 간다.

일초가 지나면 일초만큼의 기쁨이

하루가 지나면 하루만큼의 평화가

십년이 지나면 십 년 만큼의 행복이

지나가버린다.

붙잡을 수도

되돌릴 수도 없으니

같이 갈 수 밖에

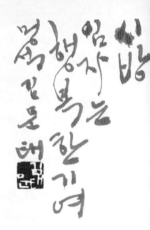

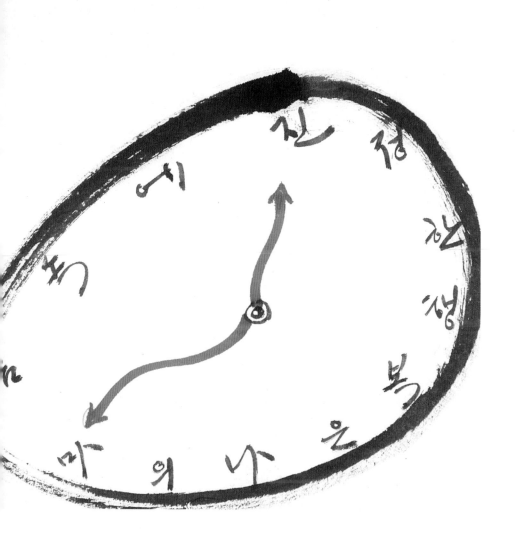

개골개골

여기서 '개골' 하면

저기서 '골개' 하고

여기서 '개골개골' 하면

저기서 '골개골개' 한다.

목소리 큰 놈도 울고

목소리 작은 놈도 울고

목소리 높은 놈도 울고

목소리 낮은 놈도 운다.

저마다 생긴 그대로 우는데

마치 악보가 있는 것 같다.

공짜로 감상하는

여름밤 연못 오케스트라

기쁨

길섶에 다소곳이 피어 있는

노랑꽃 괭이밥

자세히 보아야 보이고

마음 주어야 보이는

좁쌀만한 꽃 괭이밥

맑은 날, 햇살을 보듬고

작디작은 꽃잎을 활짝 피우는

야생초 괭이밥

사소한 것을 발견하는 작은 기쁨

그 안에서 우주를 발견하는

큰 기쁨

나는 누구

뭔가 잃어버렸다.

언제, 어느 모퉁이에서

잃어버렸는지 생각이 나지 않는다.

고요히 앉아 숨결을 고르니

어렴풋이 떠오른다.

젊은 시절, 바쁘다는 핑계로 내팽개치고

소중하게 지키지 않아 잃어버린 것

아하, 나를 잃어버렸다.

나는 어디에?

나는 누구?

인연

아침, 눈길을 사로잡은 담장의 넝쿨장미

머리카락을 날리는 부드러운 바람

전봇대에 붙어 있는 광고 전단 한 장

지하철에서 어깨를 스치고 지나간 사람

점심상에 올라온 싱싱한 푸성귀

라디오에서 들려오는 흘러간 노래

구겨서 휴지통에 버린 복사지 한 장

선술집에서 풍겨 나오는 돼지갈비 냄새

퇴근길 골목길을 따라오는 반달

오늘 내가 맺은 인연

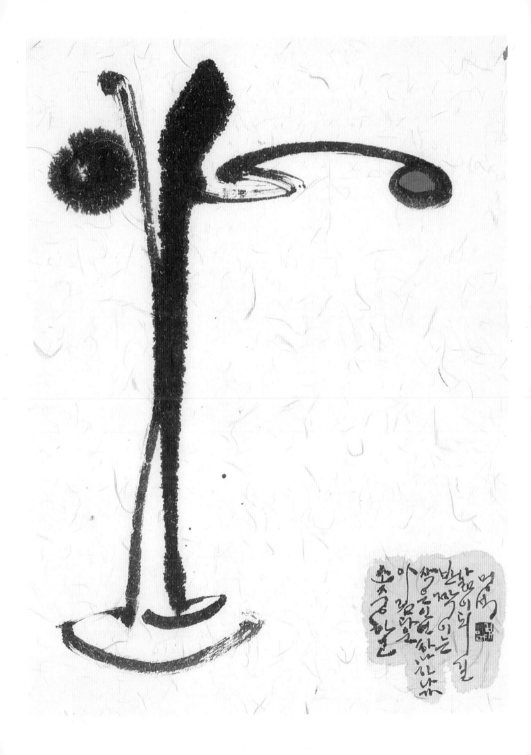

도란도란

세상 모든 것이

이야기를 나누고 있다.

별이 별과 도란도란

바람이 바람과 도란도란

나무가 나무와 도란도란

풀벌레가 풀벌레와 도란도란

좌판대의 과일이 과일과 도란도란

우리도 도란도란하지 못할

이유가 없다.

행복 2

소중한 사람아

서로의 향기로

인생이 달콤해지는 것은

서로의 마음으로

가슴이 따뜻해지는 것은

점찍고 선 그어

작품 하나 만들어 가는 것

넌 점이 되고

난 선이 되어

오늘도 행복을 그린다.

넌 나를 향해

난 너를 향해

동녘은 마음 닦은 불 초그믐의 인그대 향함입니다 동녘화두 현목임이다

동녘 화두 그믐은 밝고 맑은 온 아이들의 동심 이 있으나 아침 햇살이 밝아오는 새 아침을 열었나 혀목인가요

동녘속에 발가나는 새 아침을 열었나 혀목인가요

어깨동무

수은주 뚝 떨어진 날
아이들이 교실 창문에 매달려
유리창에 입김을 불어댄다.

운동장을 내달려
교문 밖으로 쏟아져 나온 아이들의
재잘거림에 골목길이 깨어난다.

어른들은 주머니에 손을 찔러 넣고
굼뜨게 걸어가고
아이들은 어깨동무를 하고
골목을 내달린다.

옛 친구 못 견디게 생각나는
어느 겨울날

빈 잔

당신이 물이면 물을 담고

당신이 술이면 술을 담고

당신이 기쁨이면 기쁨을 담고

당신이 슬픔이면 슬픔을 담고

당신이 동그라미면 동그라미를 담고

당신이 세모면 세모를 담고

내가 비어 있음으로 해서

당신을 통째로 담을 수 있음을

5부

사람은
모두
꽃이다

사람꽃

너의 향기

나의 향기

우리의 향기로 어우러진다.

사람보다 아름다운 꽃은 없고

사람보다 가슴 뛰는 약속은 없다.

아무리 세상이 바뀌어도

봄이면 다시 피는 꽃처럼

우리 그렇게 만나

찬란한 한 세상 펼치자꾸나.

어느 봄빛 찬란한 오후

꽃향기로 진동하는 세상을 꿈꾸며

아이야

봄 햇살 받아

언 땅을 뚫고 나온 파란 새싹을 보고

쨍쨍 여름날

나뭇잎 흔드는 바람의 고마움을 느끼고

울긋불긋 가을

알알이 영근 열매의 신비로움을 가슴에 담고

세찬 눈보라 치는 겨울

다시 봄을 꿈꾸는 나무들의 노래를 듣고

아이야, 봄 여름 가을 겨울

그 모습 새기고 닮아

곱고 아름다운 사람이 되렴.

유치원

개나리꽃이 톡톡

버스에서 쏟아져 내린다.

순간, 골목길이 환해진다.

노랗게 노랗게 재잘거린다.

아지랑이처럼 피어오른다.

병아리처럼 파닥거린다.

튀밥처럼 통통 튄다.

매일 봐도 질리지 않는

유치원 앞 짧은 동화

웃자

고운 바람결이 그렇고
화사한 꽃들이 그렇고
해맑은 아이들의 표정이 그렇다.

세상에 웃고 있는 것들은
팽팽한 긴장감을 무장해제시키고
차가워진 심장을 다시 뛰게 한다.

찰나의 위로
우주의 마음

웃음보다 큰 기적은 없다.

그럼요
훌러
야지요
겨울연
꺽연 김불해

행동하면
[환] 미소 번지니
...이 생활하...
행...있으라

행운

물 흐르듯 살기

항상 미소 짓기

남을 사랑하기

그리고 그보다 조금 더

나를 사랑하기

반드시

행운을 만나게 되는

방법

스승

스승, 두 글자는

봉우리를 두 개나 매달았다.

그 산에 가면

일년 내내 햇살이 가득하고

큰 나무들이 시원한 그늘을 드리우고

맑은 계곡물이 흐르고

알찬 열매가 풍성하게 맺히고

눈 내리고 바람 부는 날이면

몸을 피할 수 있는 따스한 동굴이 있다.

스승은 넓고 넓은 품을 지닌

큰 산

뿐이
놈

천상병 님의

명시
김문대

이
놈
이
놈

요놈,
요놈,
요 이쁜 놈

담장을 기어오르는

고사리 손 담쟁이

천방지축 아이들의 몸짓을 닮았다.

돌담 아래 색색이 피어있는 철쭉꽃

해맑은 아이들의 미소를 닮았다.

파란 하늘에 둥실둥실 뭉게구름

개구쟁이들의 꿈을 닮았다.

오월 오일

보고만 있어도

마음이 화사해지는

꽃의 날,

이쁜 놈들의 날이다.

어린이

아이들이 용수철처럼 튀어오른다.

해의 기운 받고 통통

달의 기운 받고 통통

개구쟁이 통통통

해처럼 밝거라.

달처럼 맑거라.

이슬처럼 투명하거라.

너희들이 있어

세상도

통

통

통

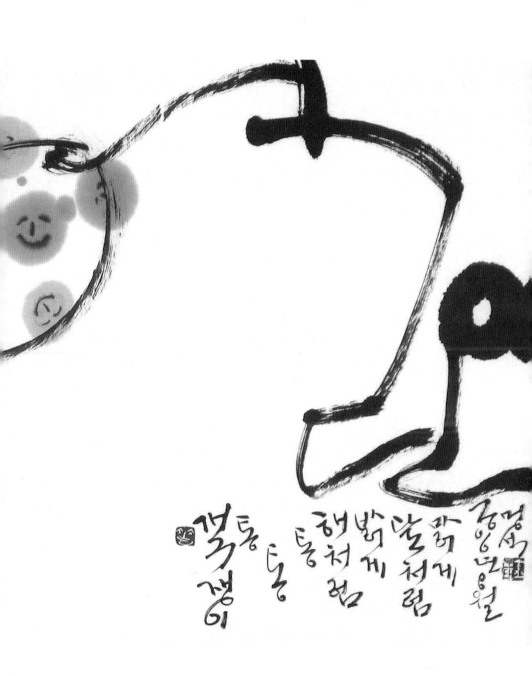

맑게
밝게
환하게

애들아
놀자

친구들의 목소리가
골목길에 울려 퍼지면
이 집 저 집에서 하나둘
아이들이 모여든다.

조용하던 골목길이 싱싱하게 살아난다.
아이들은 놀잇감을 쫓아
수초 사이를 누비는 물고기 떼

해가 뉘엿뉘엿 넘어가고
저 멀리서 엄마의 밥 먹으란 소리가 들리면
아이들은 하나둘 집으로 돌아간다.

엄마

엄마라고 부르면

문풍지가 떨리듯 가슴이 떨리고

화선지에 먹이 번지듯

그리움이 번진다.

마흔이 되어도, 쉰이 되어도

엄마란 이름 앞에서는

어리광 많은 소년일뿐

엄마,

나의 삶을 고운 빛깔로 채워준

붉디붉은 앵두 한 알

첫눈에 쓸쓸한
첫눈에 뜰에는
금모래밭 빛 보래 볕
금모래밭 빛 보래 볕
갈꽃의 그래 자살 같누나
음에 살랑
누에 설향 자
강물줄기를
바람에 진달래

감물줄기를
감물을 자를
바람에
진달래를

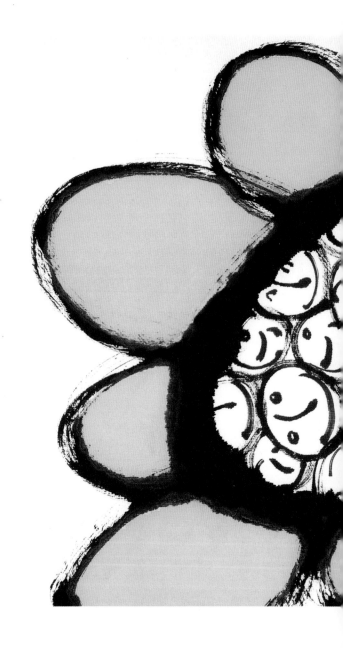

해바라기
사랑

커다란 노란 잎을 촘촘히 두르고
까만 씨들을 한가득 채웠다.

실컷 뛰어놀아라.
내가 울타리가 되어줄 테니.
해가 나면 햇님을 마중하고
비가 오면 빗님을 초대할 테니.

가을이 올 때까지
마음 놓고 튼실하게 여물어라.
곧 먼 길을 떠나야 할 테니.

세월이 흘러도
퇴색되지 않는
어머니의 사랑.

음양의 꽃

우주 속의 작은 우주

남자와 여자

갓난아이의 순수함

개구쟁이들의 해맑음,

사랑하는 연인의 애절함,

삶의 여정이 주름으로 잡힌

노년의 따뜻함

사랑으로 피어나는 음양의 꽃

모든 꽃이 아름답듯

모든 인연은 아름답다.

별처럼
빛나고
한 조각 빛을
벗 삼고 거늘

유치원 2

글자를 몰라도 잘 읽어

노래를 몰라도 잘 불러

장난감이 없어도 잘 놀아

몰라도 좋고, 없어도 좋으니

그 얼마나 좋으냐

아이들 옆에 있으면

내 안의 근심과 걱정도 사라진다.

한없이 바라보고 싶어지는

유치원 풍경

뭉게구름

몽실몽실, 폭신폭신 피어올라

하얀 실타래가 된다.

실타래가 점점 커지더니

눈덩이가 된다.

눈덩이가 몇 번 구르니까

아기 구름이 된다.

아기 구름이 끼리끼리 뭉치니까

뭉게구름이 된다.

양이 되었다가

꽃이 되었다가

엄마 얼굴이 되었다가

할 일 없는 여름 한낮

대청마루에 누워

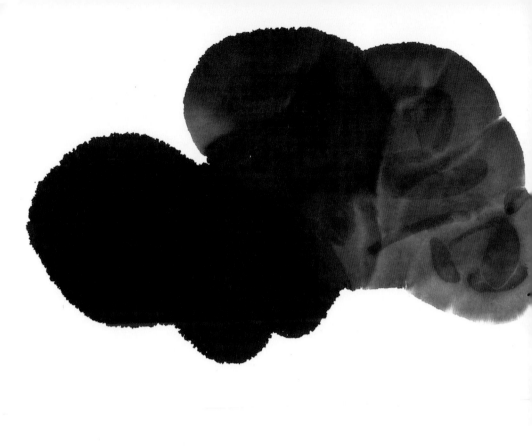

개구쟁이

한글꽃 ? ?

땅이 꺼지랴

하늘이 무너지랴

구름을 타고 놀까

별을 따러 갈까

누가 뭐랜들 걱정일까

나 좋으면 그만인데

눈치코치 다 도망갔다.

세상만사 근심 걱정 내려놓고

이 순간 최선을 다하여

즐기면 될 것을

개구쟁이들에게 배우는

큰 자유

어린 왕자

왠지 어린 왕자는

얼굴이 동글동글할 것 같다.

왠지 눈이 동글, 코가 동글,

입이 동글할 것 같다.

세모도 아니고 네모도 아닌

뾰족한 부분 하나 없는

동글동글한 마음

나무 한 그루만으로도 행복해서

자신의 별 위를

훨훨 날아다니고 있을 것만 같다.

아아 얼음 우에 쌓인 애애의 와 얇 갑 은 비

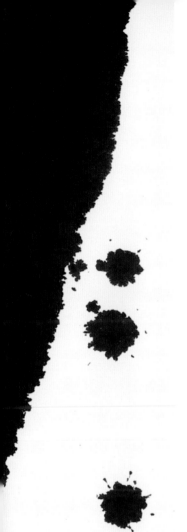

아야어여
공부

한글꽃 에

먹이 묻어 더 예쁜 손

진지한 일자 눈매가

곧게 뻗은 한 획이다.

붓 잡은 손이

오른쪽 왼쪽 잘도 간다.

점과 획의 어울림에

듬성듬성 여백이 살아나고

붓끝에 맺혀 피어나는

한 송이 한글꽃

꽃보다 곱구나.

유치원 3

다 어디로 간 걸까?

놀이터가 텅텅 비었다.

그네가

시소가

미끄럼틀이

기다리다 지쳐 있고

소꿉놀이 모래밭엔

지나가던 바람이 잠시 머문다.

혼자 놀이터에 나온

아이의 표정이 시무룩

애들아,

놀자!

늪

한글꽃 ㄴ ㅍ

피읖의 등을 타고
니은이 올라섰다.
순식간에 '늪'이 태어났다.

피읖이 니은에게 속닥속닥
니은이 피읖에게 재잘재잘
함께해서 의미가 커지고
함께해서 살아감이 아름다워지는

자연의 이치
화선지 위의 질서

6 · 6은 36

6이 6을 만나면

0이 되는 삶이 있고

12가 되는 삶이 있고

36이 되는 삶이 있다.

뺄셈을 하든

덧셈을 하든

곱셈을 하든

인생의 계산법은

내 마음대로

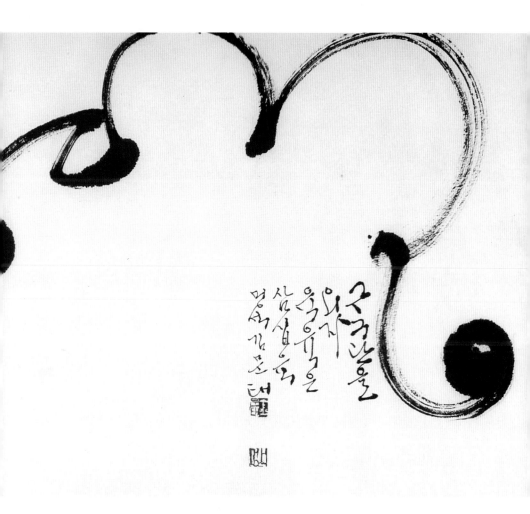

국화불 옆지
옥유문을
삽살으
멋갑무니

눈길 닿는 곳마다
기쁨이 넘치는 계절이다.

기쁨 2

고운 바람결이 그렇고
촉촉한 봄비가 그렇고
화사한 꽃들이 그렇고
연두 빛 새싹이 그렇고
해맑은 아이들의 표정이 그렇다.

욕심내지 않고
모든 것에 기뻐하며
봄처럼 맑고 고운 영혼으로
살아가기를

춤춰라

꽃은 향기를 내뿜으며 춤을 추고

바람은 나뭇잎을 흔들며 춤을 추고

새는 허공의 날갯짓으로 춤을 추고

아이는 함박 웃음소리로 춤을 춘다.

자세히 들여다보면

일 년 365일이 춤을 추고

온 우주가 춤을 추고 있다.

우리도 춤추며 살지 않을

까닭이 없다.

아무도 보이지 않았지 바람이 불고

몽실언니

그때 그 시절이
아련함으로 떠오르는 건
가슴 저 편에 꽁꽁 숨겨둔
추억 때문이다.

언제 꺼내 보아도
퇴색되지 않은 한 장의 사진
뽀송뽀송 금방 그린 수채화

힘든 날, 슬그머니 꺼내보고
혹시 닳기라도 할세라
다시 넣어두는
그리운 이야기들

하하하

어디 떨어진 낟알이라도 있나?

교실 가득 참새떼들

이리저리 몰려다니며

파닥파닥 날갯짓

킥킥 호호 하하

웃음소리 요란하다.

개구쟁이들 웃음소리는

맑은 호수처럼 청량하다.

그 웃음소리 한가운데

퐁당퐁당

물장구라도 치고 싶다.

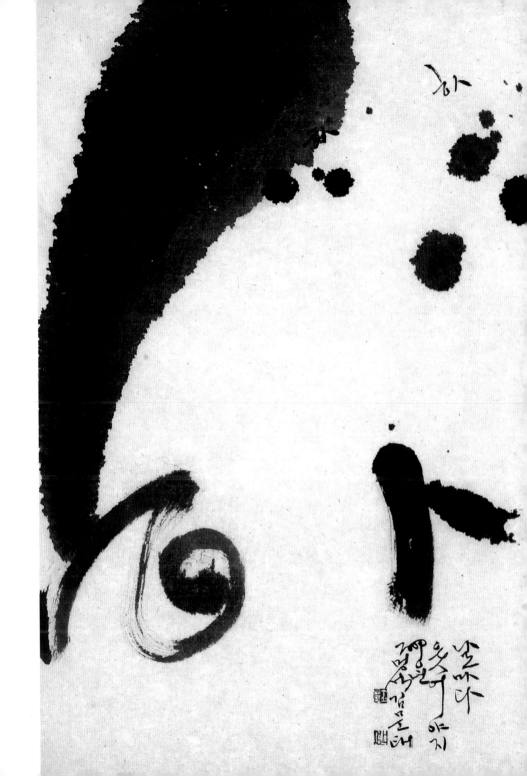

유행

세상은 돌고 돌고

유행도 돌고 돈다.

하지만

변하는 것들이 있으면

변치 않는 것들도 있어야 하리라.

나만의 향기,

나만의 색깔,

나만의 이야기

인생이란

나만의 것으로 곱게 엮은

작품 한 점

행복 3

당신 덕분에 행복합니다.

주변을 둘러보면

어느 한 가지

당신의 사랑 아닌 게 없더이다.

볼 수 있고, 들을 수 있고,

먹을 수 있고, 걸을 수 있고,

숨 쉴 수 있고, 잠잘 수 있다는 것.

당신으로 인해 이리 호강하며 살아가면서도

깜박 잊고 살 때가 많습니다.

오늘 아침, 싱그러운 햇살을 바라보며

큰 소리로 외칩니다.

당신이 있어 행복합니다.

6부

점과
획에
핀 꽃

비움 2

점 하나 콕

더 찍었더니

아뿔사, 무거워졌다.

획 하나 슥

더 그었더니

이런, 숨 쉴 틈이 사라졌다.

비워야 꽉 찬다는

이 쉬운 진리를

사람들은 왜 외면할까?

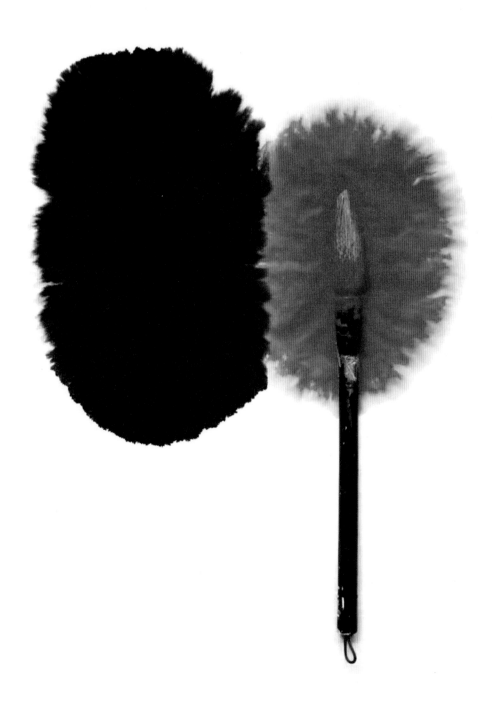

붓
한 자루에

붓 한 자루에 세상이 열린다.

한 번 그으면 꿈틀꿈틀 살아나서

고스란히 번져 나가는 세상만사

생명이 탄생하는 뜨거운 용트림

거친 붓질에 크고 작은 이야기들이

화폭 속으로 쏟아져 나온다.

붓질은, 몸짓은

쉼 없이 계속된다.

오늘도 내일도

또 그 다음날도

불과 꽃

예리한 눈으로 순간을 포착해

우주의 기를 내뿜는다.

고요 속, 혼을 실은 신명난 붓질

점과 획으로 살아난 우주의 꽃

글씨가 그림이 되고

그림이 글씨가 되니

그 이름

한글꽃 동심화

우주의 불을 품어 토해낸

한 떨기 꽃이다.

흥

벽이고 바닥이고 천장이고

묵향으로 도배한 한글꽃의 산실

주렁주렁 매달린 색 바랜 몽당 붓

얼마나 많은 종이를 쓰다듬었을까.

찍고 긋고 물감 뿌린 파지,

세상에 나가지 못한 채

산으로 쌓였고

눈 맞아 바람난 놈들은

액자에 고이 들어 앉아 있다.

한글꽃 미소가 번져

배시시 동심화로 피어나는 날

끝까지
덤벼봐

그 옛날 무사들은

칼날을 갈고 닦아 전쟁을 치렀다지.

나는 한 올 한 올 붓끝을 일으켜 세워

먹의 전쟁을 치르는 중이다.

더 치열하게, 더 끈질기게

끝까지 덤벼볼게다.

한글꽃 동심화가

활활 타오를 때까지

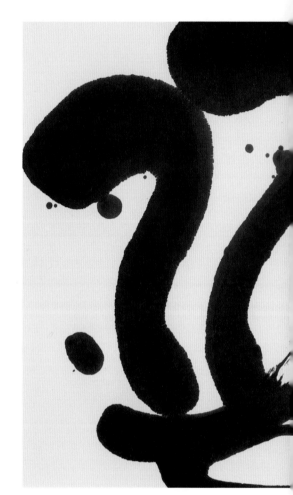

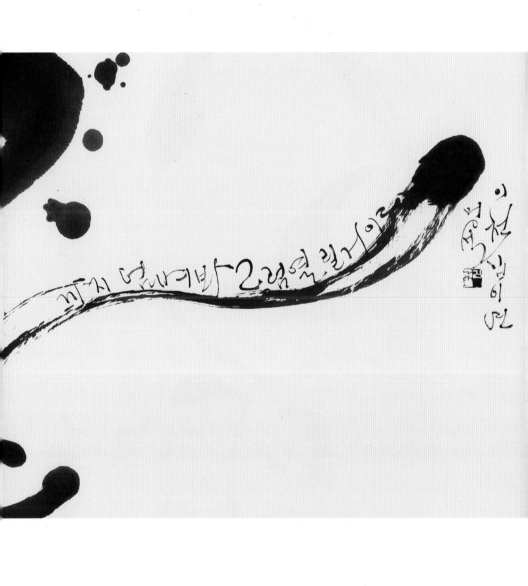

까지 날내거바 2램얼일이야

새벽에
꽃피다

버스 정류장, 첫 차를 기다리는 꽃

새벽 손님을 위해 식당 문을 여는 꽃

도로 위, 야광 조끼에 빗자루를 든 꽃

공사장 모닥불에 옹기종기 모여 있는 꽃

가족들을 위해 밥상을 차리는 꽃

필생의 작품을 위해 먹을 가는 꽃

새벽이 오면 태양보다 붉게 피는 꽃

너도 나도 제각각 아름다운

사람꽃

활짝

화선지에서 붓이 춤춘다.

먹물이 둥그렇게 세상을 그리고

붉은 빛이 점점이 인생을 소묘한다.

선을 펴고, 굽히고, 꺾으면

희로애락의 감정이 음악처럼 춤춘다.

마지막 점을 찍으면

활짝 피어나는

먹향 가득한 우주

님 찾는 마음이여

너도 그렁가

오래 살아 사랑이랑가

자꾸 보아도 엔가

풀꽃

미안하다.

거기 있는지 몰랐구나.

화려한 꽃 틈, 부끄러운 듯

고개 내민 풀꽃

화선지 위에 물감 뚝뚝 떨어뜨려

오늘 아침 만난 풀꽃을 그린다.

그려놓고 보니 정겹고 친숙하다.

누군가에게 내 그림도 그랬으면 좋겠다.

"자세히 보아야 예쁘다.

오래 보아야 사랑스럽다."

붓을 드는 순간마다

나태주 시인의 시를

복기한다.

빛 내리다

노은희 작가 초대전

빗줄기 댓바람 소리

묵향으로 은은하게 번진다.

수없이 그었을 세필의 선들이 모여

들이 되고, 산이 되고, 하늘이 된다.

순간 떨어지는 자개로 살아난 빗방울

야밤의 반딧불 같다.

뚝,

영롱한 빗방울 하나

너무 생생해 입 벌려 기다려 본다.

화폭 가득 배어 나오는 곱디고운 심성

맑아서 아름답다.

그날을 위해

한글꽃 오

나는 날마다 점을 찍고 획을 긋는다.

때로는 강하게, 때로는 여리게

때로는 대범하게, 때로는 다소곳하게

내 삶은 온통 점이고 획이다.

찍고 긋는 그 모든 작업들이

나중에 어떤 그림으로 완성될지

나도 모른다.

먼 훗날 내 스스로

아름답고 향기로운 삶을 살았다

독백할 수 있도록

오늘도 묵묵히 화선지를 채울 뿐

둥글둥글
세상

물은 거스르지 않고 흐른다.

높은 곳에서 낮은 곳으로

가로막는 것은 감싸고 비켜가며

한 획을 긋는 것도 물처럼 해야 한다.

붓을 힘차게 일으켜 세워

어깨의 자연스런 리듬에 맞춰 흐르게 하면

무거움과 가벼움, 뭉침과 비움, 흩어지고 모임이

아름다운 조화를 만들어낸다.

획 안에는

모나지 않게 돌고 돌아

자연스럽게 흘러가고자 하는

유연함과 포용이 있다.

가슴
뜨거운 사람

작업이란

한 붓질 한 붓질 충만한 에너지로

자신을 불태워 온전히 담아내는 것

파지가 산더미처럼 쌓이고

밤을 하얗게 밝히는 처절한 몸부림

그 끝에 태어나는 작품엔

작가의 모든 궤적이 담겨 있음이다.

더 치열하게 살아야 할 이유다.

가슴 뜨거운 사람이 되어야 할 이유다.

절규

메마른 대지를 적시듯

뚝뚝 떨어지는 먹물이

까실까실한 화선지에 번진다.

완전히 몰입한 붓이

꿈틀꿈틀 살아 휘청거리는 순간

아름다운 붓의 춤

먹이 튀고

붉은 빛이 짙게 박혀

뭉크의 절규로 튀어 오르는 순간

한글이 곱게 벙글어

피 토하는 날

향

정일모 작가 초대전

시공을 초월한 광대의 노래

도란도란 다정한 이야기가 되어

가슴 깊은 곳을 파고든다.

삶이 피워내는 향기, 향(香)

고향을 그리워하는 마음, 향(鄉)

앞으로 나아가는 걸음, 향(向)

토닥토닥 엄마의 도마 소리

아빠의 군살 박힌 발

한발 한 발 딛는 아이의 걸음마

소곤소곤

동화 속 이야기에 빠지는 시간

魂

작가의 기도

따뜻한 눈으로

온 세상을 귀하게 아름답게 바라보기를

구석진 곳, 그늘진 곳의 생명에도

시선과 마음을 기울이기를

스스로 쇠사슬에 얽매이지 않고

자신의 세계를 훨훨 날아다닐 수 있기를

아무도 가지 않은 길을 용감하게 갈 수 있기를

비록 그 끝이 보이지 않더라도

풍류

가슴에 불을 품고 사는 남자

좋은 옷, 좋은 음식 따윈 관심 없는 남자

깨어나 잠들 때까지

오직 한 가지만 생각하는 남자

붓 한 자루에 행복한 남자

늘 묵향에 취해 사는 남자

해 뜨고, 해 지고, 계절이 바뀌는

천지자연의 변화를 좋아하는 남자

미련한 그 바보는

세상 모퉁이 희미한 골목길에서

아직도 서성이고 있다.

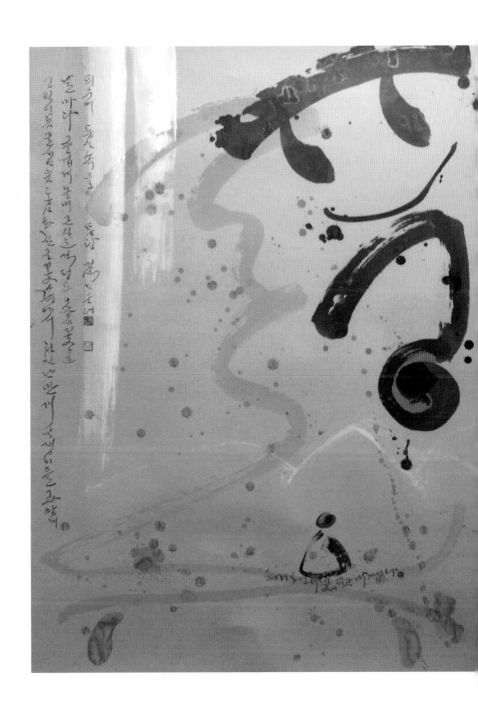

서예란 점획의 예술,

점과 획이 작품에 생명력을 부여한다.

좋은 획을 긋기 위해서는

작가의 심성에 세월을 싣고

열정을 더해야 하는 것이다.

21세기를 맞은 현대 서예는

장르와 재료와 기법을 초월해

점점 더 다양해지고 있다.

솟아라

현대 서예에 부침

하지만 더 중요한 것은

작가의 의식과 철학과 창조 정신.

옛것을 익혀 새로움을 창조해 내는

기운생동의 일필휘지

동심화여,

오늘을 딛고

내일로 솟아라.

조화로운 삶

조화롭게 산다는 건

그리 어렵지 않음이다.

화선지에 한 점을 찍듯이 살면 될 것이다.

온 마음을 집중해 하나만을 염원하며

하루하루를 점찍으면

어느새 작품 한 점 완성돼 있을 것이다.

나 하나가 점을 찍고

너 하나가 점을 찍으며

더불어 아름답게 살 일이다.

바람이
분다

지천으로 번지는 분홍, 노랑, 빨강

세상은 온통 꽃바람이다.

화사한 햇살이 먹빛으로 빛나는 봄날

망울망울 피어오르는 침묵은

잔잔한 묵향으로 번지고

붓놀림의 춤사위는

여지없이 희디흰 여백을 잉태한다.

바람이 참 좋다.

이 바람은 어디서 오는가?

연꽃 미소

숨결이다.

호흡이고 고요다.

몸과 마음이 하나다.

화선지에서 붓이 춤을 춘다.

먹물 뚝, 뚝!

서서히 번져간다.

한 호흡의 생물이다.

티끌도 번뇌도 먹물로 녹아

일필휘지 점과 획 속에

향기로 피어난다.

묵향이 연꽃 미소로

곱게 번지는 날

약속

획을 그으며

먹을 듬뿍 묻혀 내려 긋는다.

획은 그냥 획이 아니다.

쭈욱 한 번 그음으로 생겨나는

고도의 절제된 생명선이다.

부드럽고 유연한 선에

살과 뼈를 심고 생명을 불어넣어야 한다.

획을 긋는 것은 자신과의 약속을

올곧게 지켜가는 것과 같다.

차근차근 준비하고 다져온 세월만큼

고민하고 절실했던 만큼

고스란히 배어나오는 혼이다.

획은 삶의 법칙이고

자연의 순리다.

꼭꼭 숨어라, 옷자락이 보인다.
모락모락 피어오르는 한글꽃 향기

기역 니은 디귿 리을 미음 비읍 시옷
이응 지읒 치읓 키읔 티읕 피읖 히읗
그리고 아야어여 오요우유 으이가 모여
작품마다 방긋방긋 꿈틀꿈틀
개구쟁이들이 통통통 튀어나온다.

그림인 듯 글씨인 듯
천지인 음양오행의 원리로 만들어진
한글의 오묘한 진리와 우주정신
한글꽃을 찾았다.

무궁화 꽃이 피었습니다.
한글꽃이 피었습니다.

끝까지
한글꽃이 필 때까지

불꽃처럼

온몸의 기운이 어깨를 통해

팔을 통해 손가락을 통해

붓 끝에 전달된다.

기를 모은 만호제력의 붓 끝에서

불꽃같은 획이 탄생된다.

작품에는 우주가 깃들고

작가의 혼과 얼이 담기니

작가는 마음을 닦고

육신을 맑게 해야 한다.

청정한 마음으로

불꽃같은 열정으로

작품 하나 건질 일이다.

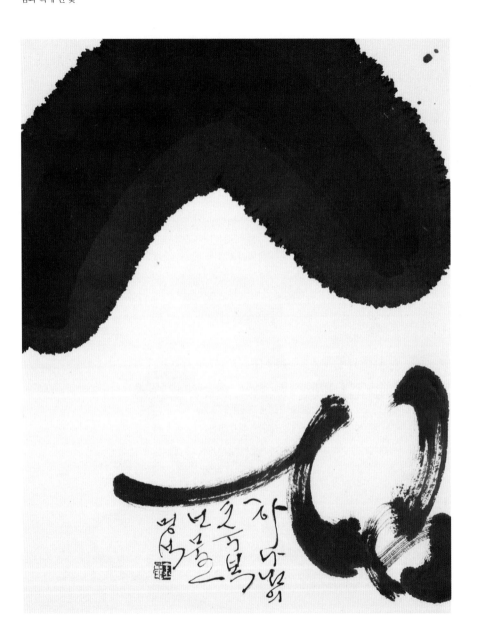

여름 뙤약볕의 기세가 누그러지고

매미소리 힘겹게 들리는 것은

훌쩍 다가선 가을의 숨소리가 깊어서일 것이다.

뜨겁던 열기와 땀방울도

속살 드러낸 부끄러운 작품도

지난여름을 함께한

붓이며 먹이 그리울 것이다.

전시장에 남아 있을

구경꾼들의 총총한 눈망울

작가들의 숨소리도

가슴에 남아 잔잔히 흐를 것이다.

두고두고 며칠

가슴앓이할 것이다.

쉼

전시를 마치고

앞으로 쭉

아름다운 사람들이

인사동에 모여

정에 취하고 묵향에 빠지고

정담에 가슴을 연다.

그들에겐 붓과 먹이

밥이고 반찬이고 호흡이다.

그들이 있어 행복한 날

토요일이 기다려지는 이유

동심화 한글꽃의 향기

아름다운 사람꽃의 향기

지금까지처럼

앞으로도 쭉

이 책에 실린 작품들

42쪽
긴 뿌리
깊은 샘

44쪽
고요2

47쪽
물 흐르듯

48쪽
여행을 하며

51쪽
항상 늘

52쪽
빛

55쪽
복만 가득

2부

59쪽
비움

60쪽
사랑

63쪽
밥

64쪽
믿음

67쪽
웃음

68쪽
집념

71쪽
삶

72쪽
세월

75쪽
새날

76쪽
그릇

79쪽
소통의 꽃

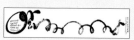
80쪽
아리랑

82쪽
그리움

85쪽
감사

86쪽
마음2

89쪽
면벽

90쪽
좋은 날

93쪽
꽃맘

94쪽
청춘

97쪽
몽돌가족

98쪽
느낌

101쪽
오늘은
그냥

102쪽
삥이야

3부

107쪽
밥2

108쪽
열정

110쪽
고향

112쪽
달팽이가 살아가는 법

114쪽
호미곶

117쪽
주인공

118쪽
욕심 없이

121쪽
포옹

122쪽
꼭

125쪽
숨결

126쪽
검은 아리랑

129쪽
삼팔 광땡

130쪽
배려

133쪽
가을

134쪽
고요3

137쪽
소곤소곤

138쪽
동그라미

141쪽
연탄재

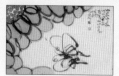
142쪽
나비의 꿈

145쪽
이별

146쪽
쇼

148쪽
바보를 그리워하며

150쪽
말

153쪽
고요4

154쪽
여름밤

157쪽
있을 때 잘해

4부

160쪽
樂

162쪽
꼬끼오~

164쪽
꿈꿔

167쪽
思

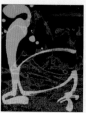
168쪽
고독

170쪽
고백

5부

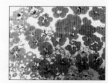

207쪽
웃자

208쪽
행운

211쪽
스승

212쪽
요놈, 요놈,
요 이쁜 놈

215쪽
어린이

216쪽
애들아
놀자

219쪽
엄마

220쪽
해바라기
사랑

223쪽
음양의 꽃

224쪽
유치원2

227쪽
뭉게구름

228쪽
개구쟁이

231쪽
어린 왕자

232쪽
아야어여
공부

235쪽
유치원3

236쪽
늪

239쪽
6 · 6은 36

240쪽
기쁨2

243쪽
춤춰라

244쪽
몽실언니

247쪽
하하하

248쪽
유행

251쪽
행복3

6부

255쪽
비움2

256쪽
붓
한 자루에

259쪽
불과 꽃

260쪽
흥

263쪽
끝까지
덤벼봐

264쪽
새벽에
꽃피다

267쪽
활짝

268쪽
풀꽃

271쪽
빛 내리다

272쪽
그날을
위해

275쪽
둥글둥글
세상

276쪽
가슴 뜨거운
사람

279쪽
절규

280쪽
향

283쪽
魂

285쪽
풍류

286쪽
솟아라

289쪽
조화로운 삶

290쪽
바람이 분다

292쪽
연꽃 미소

295쪽
약속

296쪽
끝까지

299쪽
불꽃처럼

300쪽
쉼

303쪽
앞으로 쭉